Vente du Jeudi 13 Avril 1876

SALLE N° 8

44 TABLEAUX

ÉTUDES ET ESQUISSES

PAR

Le Chevalier ALFRED DE KNYFF

Chevalier de l'Ordre de Léopold et de la Légion d'honneur.

EXPOSITIONS:

PARTICULIÈRE: Le Mardi 11 Avril 1876.

PUBLIQUE: Le Mercredi 12 Avril 1876.

Commissaire-Priseur,	Peintre-Expert,
M° CHARLES PILLET.	M. HARO *.
10, rue de la Grange-Batelière.	14, rue Visconti, et rue Bonaparte, 20.

1876

44 TABLEAUX

ÉTUDES ET ESQUISSES

PAR

Le Chevalier Alfred de KNYFF

CONDITIONS DE LA VENTE

Elle sera faite au comptant.

Les acquéreurs payeront *cinq pour cent* en sus des adjudications.

CE CATALOGUE SE DISTRIBUE A PARIS

CHEZ

<table>
<tr><td>Me CHARLES PILLET
COMMISSAIRE-PRISEUR
10, Rue de la Grange-Batelière, 10</td><td>M. HARO
PEINTRE-EXPERT
Rue Visconti, 14, et rue Bonaparte, 20</td></tr>
</table>

Paris. — Typ. PILLET fils aîné, 5, rue des Grands-Augustins.

CATALOGUE

DE

44 TABLEAUX

ÉTUDES ET ESQUISSES

PAR

Le Chevalier ALFRED DE KNYFF�֍✠

VENTE

HOTEL DROUOT, SALLE Nᵒ 8

LE JEUDI 13 AVRIL 1876

A TROIS HEURES

EXPOSITIONS :

PARTICULIÈRE : LE MARDI 11 AVRIL 1876.
PUBLIQUE : LE MERCREDI 12 AVRIL 1876.

De 1 heure à 5 heures.

Mᵉ CHARLES PILLET,
COMMISSAIRE-PRISEUR,
10, rue de la Grange-Batelière.

M. HARO ✳,
PEINTRE-EXPERT
14, rue Visconti, et rue Bonaparte, 20.

DÉSIGNATION

---

1. Soleil couchant dans la Campine.

Toile. Haut., 1 m. 32 cent.; larg., 1 m. 98 cent.

2. Clair de lune au bord de la Meuse.

Toile. Haut., 1 m. 62 cent.; larg., 1 m. 31 cent.

3. Bruyères et châtaigniers d'Ecosse.

Toile. Haut., 90 cent.; larg., 1 m. 22 cent.

4. La Vallée de la Toucque.

Toile. Haut., 82 cent. ; larg., 1 m. 03 cent.

5. Une prairie à Villiers-sur-Mer.

Toile. Haut., 82 cent. ; larg, 1 m. 03 cent.

6. Chennevière-sur-Marne.

Bois. Haut., 63 cent.; larg., 1 m. 03 cent.

7. Le Soir.

Bois. Haut., 67 cent., larg., 93 cent.

8. Les Prairies de la ferme Saint-Pierre.

Toile. Haut., 72 cent.; larg , 94 cent.

9. La Plage près de Granville.

Toile. Haut., 65 cent.; larg., 1 mètre.

10. Cézambre.

Toile. Haut., 62 cent.; larg., 93 cent.

11. La Trombe.

Bois. Haut., 64 cent.; larg., 82 cent.

12. Un étang de Compiègne.

Toile. Haut., 77 cent.; larg., 61 cent.

13. Lisière de la forêt de Fontainebleau.

Toile. Haut., 77 cent.; larg., 57 cent.

14. Etude d'ormes à Champigny.

Toile. Haut., 72 cent.; larg., 54 cent.

15. Le Jardin d'Alfred Stevens; effet de
neige. Etude.

Toile. Haut., 72 cent.; larg., 59 cent.

16. Vaches dans les dunes de Blankembergh.

Bois. Haut., 80 cent.; larg., 95 cent.

17. Le Tombeau de Chateaubriand.

Toile. Haut., 49 cent.; larg., 82 cent.

18. Entrée de la rivière à Roscoff.

Toile. Haut., 49 cent.; larg., 82 cent.

19. Forêt d'Ecosse; effet de brouillard.

Toile. Haut., 58 cent.; larg., 77 cent.

20. La Vallée de la Solle.

Bois. Haut., 58 cent.; larg., 75 cent.

21. La Seine au bois de Boulogne.

Bois. Haut., 42 cent.; larg., 60 cent.

22. Les Hautes Fanges près de Spa.

Bois. Haut., 46 cent.; larg., 57 cent.

23. Orage dans la bruyère.

Bois. Haut., 53 cent.; larg., 66 cent.

24. Soleil levant en pleine mer.

Bois. Haut., 44 cent.; larg., 57 cent.

25. Le Pont de Suresne.

Bois. Haut., 53 cent ; larg., 67 cent.

26. Les Grosses gouttes avant l'orage.

Bois. Haut., 48 cent.; larg., 58 cent.

27. Le Marais en hiver; environs de Creil.

Bois. Haut., 48 cent.; larg., 58 cent.

28. Les Rochers de Roscoff. Etude d'après
nature.

Toile. Haut , 40 cent. : larg., 60 cent.

29. Le Canal près de Hasselt.

Bois. Haut . 30 cent. ; larg., 57 cent.

30. Un temps gris ; effet d'automne.

Bois. Haut., 30 cent.; larg., 57 cent.

31. Le Gué. Esquisse.

Bois. Haut., 47 cent.; larg., 58 cent.

32. Le Port de Saint-Malo.

Bois. Haut., 28 cent.; larg., 42 cent.

33. Les Rochers de Saint-Malo; marée basse.

Toile. Haut., 34 cent.; larg., 44 cent.

34. La Plage de Paramé; soleil couchant.

Bois. Haut., 28 cent.; larg., 42 cent.

35. Une étable à Forge-les-Bains.

Bois. Haut., 34 cent.; larg., 42 cent.

36. La Petite Kabylie au printemps; forêt de
Fontainebleau.

Bois. Haut., 28 cent.; larg., 36 cent.

37. La Mare.

Haut., 42 cent.; larg., 35 cent.

38. Le Lit d'un torrent. Vue prise dans les Vosges.

Bois. Haut., 34 cent. ; larg., 26 cent.

39. Le Nuage noir.

Bois. Haut., 27 cent.; larg., 32 cent.

40. La Lande.

Bois. Haut., 32 cent. ; larg., 42 cent.

41. Le Port de Douarnenez.

Bois. Haut., 28 cent.: larg., 42 cent.

42. Une matinée calme.

Bois. Haut., 66 cent.; larg., 1 m. o3 cent.

43. La Rue des Martyrs. Vue prise de
l'atelier de Troyon.

Bois. Haut., 62 cent.; larg., 26 cent.

44. Une prairie à Douarnenez.

Toile. Haut., 40 cent., larg., 60 cent.

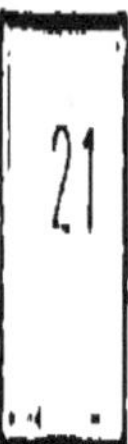

graphicom

BIBLIOTHEQUE NATIONALE DE FRANCE

****

CHATEAU DE SABLE

1995